AF249915

LIVRE

TITRE PRÉLIMINAIRE

OU L'HISTOIRE DE LA CHAMBRE

DE IUSTICE, ESTABLIE L'ANNÉE 1607.

Pour monstrer au Roy combien il est vtile, iuste et necessaire pour le bien de son estat, de pouruoir presentement à la recerche des maluersations commises en ses finances.

PAR I. BOVRGOIN

1610

AVIS DE L'ÉDITEUR.

Nous avons cru faire plaisir au Public, en lui offrant aujourd'hui et pour la première fois, un Ouvrage composé, il y a près de deux cents ans, contre *la malversation* des Financiers.

On y verra jusqu'à quel point ces Vampires du Peuple exerçoient déjà leurs ravages, malgré l'horreur et l'indignation des Citoyens, qui n'ont cessé de rendre leur existence un problême.

Quant au style de cet imprimé, il est absolument conforme au Manuscrit que nous avons entre les mains, et que nous publions sans aucune espèce de changement.

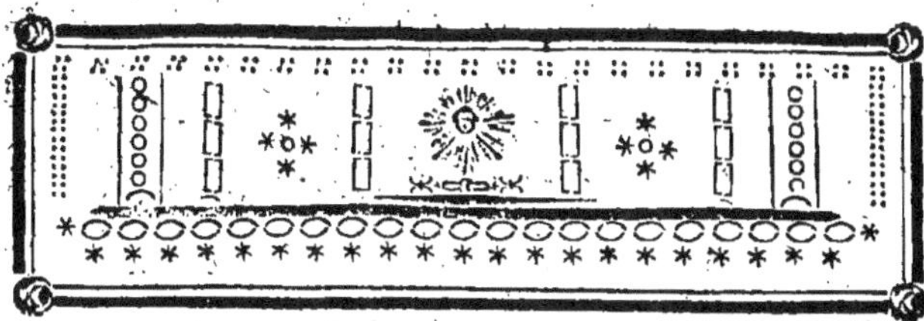

A V R O Y.

SIRE,

Voicy la premiere des deux Histoires que j'auoy promises à Vostre Majesté par l'aduant-coureur d'jcelles publiée il y a deux ans. Ce n'est point la description des haults exploits du Roy Henry le Grand, contre les aduersaires étrangers, mais la desduction de sa bonne conduicte contre les ennemys domestiques. Ce n'est point le crayon de son jnuincible courage contre les troubleurs de l'Estat, mais le recit de ses peines à veiller les volleurs qui voillent leurs forfaicts du nom d'officiers. Contre ceux-là, il couroit à la charge le coutelas en main;

A

rale des Fi-
nanciers &
des Finan-
ces, &c.

mais contre ceux-cy , il alloit à la chasse auec l'Espée de Justice. Chasse où il apportoit la mesme ardeur que s'il eust esté en vne armée , tant la crainte de ce genre d'ennemys le faisoit tenir sur ses gardes ; & veilles où il auoit le mesme mouuement de l'esprit que quand il estoit au fort d'vng faict d'armes , tant la hayne qu'il leur portoit estoit profondement emprainte en luy.

Soin de
Henry le
le grand a
conseruer ses
Finances par
la recerche
& le chasti-
ment des pe-
culataires.

Vostre Majesté donc verra comme ce redouté Roy , qui auoit la parfaicte science de bien regner , a tousjours guerroyé , tousjours harcellé ceux qui recoyuent , qui manyent & qui distribuent ses finances , soit pour chastier les larcins monopoles qu'il sçavoit bien qu'ilz y commettoient , ou soit pour les tenir de court & esclairer de près , d'autant que cesté espece d'hommes espie perpétuellement les moyens despuiser la bourse Royalle ; & cerche sans cesse les jnuentions de piller le peuple.

Descrip-
tion de l'jn-
clination na-
turelle des
Financiers.

Néanmoings , quoy qu'il leur ait presques tousjours tenu le baston sur le dos , si n'a-t-il sceu tant faire , (jnvétérez qu'ilz sont en leur meschante vie ,) qu'ilz ne luy ayent soustraict des sommes jnnumérables , & rauy à ses subjects des biens incompréhensibles. Qu'eussent-ils faict , s'il leur eust lasché la bride & osté le cauesson ? Car il semble que ces gens ne soient au monde que pour estre larrons. Les vngs naissent de pères qui sont larrons ; les autres sont nourrys parmy des larrons ; les autres estudient pour estre larrons, & sortent de leur eschole fi grands larrons, qu'il ne font point de conscience d'en prendre jusques sur l'Autel , l'enuye de desrober, & les larcins estant en eux des accidens jnséparables.

Et c'est, SIRE, ce qui faict juger combien ilz ont fourragé, & quelz ravages ilz ont perpétrez depuis vostre advénement à la couronne, qu'ilz ont eu les astres propices & la saison à souhait. Dix ans sont que V. M. est montée au throsne Royal, durant lesquelz il a esté leué QUATRE CENS MILIONS DE LIVRES de deniers ordinaires , & plus de CINQUANTE MILIONS de deniers extraordinaires. Quel espargne, les charges acquictées , pouvoit-on faire d'vne si merueilleuse somme, veu que V. M. a deu moings despenser que nul de ses prédécesseurs , quelques mouvemens qu'il y ayt eu ? Or, non-seulement cela , voire mesmes ce que ce sage Roy auoit si soigneusement amassé & recueilly auec tant d'jndustrie , a esté misérablement dissipé ; & quant il y en auroit eu trente fois autant , ces bons compteurs en auroient aussy-tost faict voir la fin.

Financiers enclins & portez au mal. Certainement il a tousjours esté recogneu que tant s'en fault que les Financiers appliquent leur dextérité à mesnager sincèrement les finances au profict du Roy, tant s'en fault qu'ilz s'adonnent à les administrer fidellement au secours de l'Estat, & à les bien diriger au soulagement du peuple, qu'au contraire, pour pincer couuertement, ilz fomentent ce qui donne lieu à la profuzion. Et pour jouer leur jeu accortement, ilz réduisent le maniement des finances en art si obscur, que peu de gens y peuvent entendre s'ilz ne sont nourris en leur caballe ; ilz se moquent de ceux qui ne sçavent pas la finesse qui y est, & disent qu'ilz ne sont pas bons Financiers.

Le Prince qui emprunte de ses Officiers, dénigre son authorité, & viole son jndépendance. Ainsy le Roy estant par leurs destours tombé à chasque bout de champ en vne jndigence jndigne de sa grandeur, & eux reuestus de ses despouilles, il est contrainct les requérir de luy prester son propre bien ; ce qu'il ne peut obtenir encor qu'à gros intérestz, & à la charge de se rembourcer eux-mesmes sur les premiers deniers courans. De sorte que lors que SA MAJESTÉ pense au commencement d'vne année, s'ayder de ce qui prouient de ses receptes généralles , & se servir du reuenu de ses fermes & partys , ilz retiennent tout par leurs mains , & disent que c'est pour le payement & remplacement des aduances qu'eux & leurs assotiez ont faictes, & pour les profictz d'jcelles qu'ilz ont stipulez.

Par telles voyes le Roi est seure de ce qu'il attendoit & dont il auoit faict estat ; luy dérechef contrainct de recourir à eux par emprunts , ou d'accabler le peuple par créations d'offices nouueaux , augmentations d'Jmpostz , rehaussement de daces , creues de tailles , &c. Et pendant ce , ces faiseurs de prestz , ces traicteurs de partys , ces admodiateurs de Fermes , ces jnuenteurs d'aduis & leurs consors qui nagueres estoient tous petits compagnons , s'enrichissent si desmesurement dans ce cahos , & s'augmentent tant parmy ceste confusion , (car ceste race est à la France ce que la ratte est au corps , laquelle ne s'accroist qu'au dommage des autres partyes ,) qu'ilz semblent estre des Seigneurs descendus des plus jllustres maisons.

Et voilà comme au lieu des Tréforiers des finances du Roy sont aujourd'hui subrogées les finances dés Trésoriers du Roy ; voilà comme l'on deuient de ferviteur maistre.

Désolations procédantes des larcins des Financiers.

Etrange métamorphofe des Financiers.

De difpenfateur dissipateur ; voilà comme par vng gentil creuset l'on transmue le dé-post en propriété. Et voilà ceux en qui l'on voit accomply l'antien Adage : *hier Monnier , huy Chevalier.* O quel changement ! ô quelz subtilz Alchymistes ! A vous point veu de telles transformations es Pœtes ? A vous point veu de telles métamorphoses entre celles d'Ouide ?

La corruption de l'espargne du Prince et la génération de ceux qui en ont le maniement. Las ! comment ne diminueroient les finances Royalles coulées par tant d'Alambicz ? Comment ne feroient pris les deniers publics passez par tant de gluantes mains ? Ce sont , ce sont ces fourmis des Troglodites grandes comme des Loups gardiennes des minieres qui ne se nourrissent que d'or ; vrays Midas , ilz ne veulent toucher autre chose. C'est leur élément , c'est leur aliment. Comme sangsues & ventouses , ilz attirent jnsatiablement à eux le sang & l'ame du commerce public qui est l'argent ; comme Bohémiens ambidextres, ilz prennent à toutes mains & du Prince & du peuple ; & comme le vaisseau deffoncé des Danaydes , leur auide cupidité ne se peut remplir.

Ingénieux subterfuge d'un péculataire Romain. Vng nommé Lycinius , commis & préposé par Auguste sur les finances des Gaules , ayant butiné grande quantité d'or et d'ar-

(9)

gent outre ce qu'il auoit faict tenir à l'Empereur ; se sentant descouuert par quelque
dénontiateur, et que l'Empereur venoit en
personne (voiez comme le premier monarque
du monde a esté aspre à courir sus luy-
mesme aux coupables de Peculat) aduoua
ce dont il estoit accusé, et trouua moyen
de faire voir son butin à l'Empereur, di-
sant qu'il l'auoit amassé et serré, non pour
soy, mais pour l'Empereur ; que l'Empereur
prist donc le tout comme sien. Ce qu'il
fit, et par ceste ruze led. Lycinus eschappa.

Mais aujourd'huy que le mesme pays,
en toutes ses parties, grouille de Lycinius
que l'on voit, que l'on sçayt, que l'on
crie, & que l'on justiffie auoir horrible-
ment desrobé, vollé, pillé et falciffié. Où
est le Lycinius qui reconnoisse ses fautes ?
Où est le Lycinius qui se corrige de ses
corruptelles ? Où est le Lycinius qui aduoue
auoir faict vng fonds pour le Roy ? Où est
le Lycinius qui rende à S. M. ce qu'il a
pris ? Ainsi, il n'y a celuy qui par despit
ne se desborde à faire pis ! jl n'y a celuy
qui par brauade ne desrobe encore plus !
jl n'y a celuy qui par rodomontade ne
monte sur ses ergotz ! et n'y a celuy qui

Peculatai-res François deuroient au moins jmi-ter les publi-cains Juifs.

St. - Luc chap. 19.

La com-pression des Financiers, unique an-tidotte de leurs lar-cins.

Edict de Chasteau-briant.

Paul Joue es éloges, liure. 3.

Guichar-din liure 6.

Aristote, chant 14.

Mémoires du Tillet.

L'auteur du discours jntitulé: u-tile et salu-taire aduis au Roy pr. bien régner.

Suetone in vespazian.

de rage ne monstre furieusement les dents à quiconque pour Sadicte Majesté en faict jnstance ! Plus faux, plus cauts, & plus per-uers encor que les Financiers et publicains Juifs, dont l'vn des principaux nommé Zachée, touché de repentance, disoit au filz de Dieu : *Seigneur, si j'ay trompé et circonvenu quel-qu'en en aucune chose, j'en rends le qua-druple.*

Aussy nostre Auguste Henry reconnoissant quelz maux apportoient les damnables abus de telles gens, (ainsy les abhorroit le Roy François premier.) Et quelz jnconuenieus arriuoient de tollérer leurs réprouuées mal-versations, (les larcins des Financiers ont desraciné les Fleurs-de-Lys de Naples, Milan, Artois, &c. et diffamé la France par la perte de la bataille de Pauie, la honteuse prison dudict Roy, et autres accidens sinistres,) s'estoit bien résolu et de leur faire regor-ger ce que leur soif haletante a humé, & de reffrener leur effrénée rapine. En quoy il a suiuy les traces de ses prédécesseurs, & jmité les traicts des meilleurs Empereurs, dont l'vng disoit ses Financiers ressembler vne esponge, laquelle s'enfle dedans l'eau & en prend grand quantité ; mais après en l'estreignant, elle laisse tout et deuient

seiche. Ainsy voyant ses Trésoriers s'eny-
urer au milieu des finances et les desrober, tout à vng coup il leur faisoit rendre
son argent, oultre les grosses amendes en
quoy il les condamnoit, dont ilz estoient
ruynez et perdus sans ressource.

Or, SIRE, comme le Roy vostre pere s'est
conformé en cecy à ceux qui l'ont préceddé
et en a acquis vne glorieuse louange, aussy
si V. M. suit son exemple ; elle verra, par
ce seul œuure, son estat plus fleurissant
que soubs nul autre regne ; elle oyra son
peuple crier par-tout, *vive le Roi*, et sera
bien-tost hors de la nécessité qui l'enui-
ronne ; c'est-à-dire, que s'il luy plaist faire
vng pressoir pour presser fermement ces
esponges financieres, assauoir, establir vne
Chambre composée de Juges aü-de-là de
tout soubçon, je bailleray mémoires pour
leur faire rendre DOVZE MILLIONS DE LIVRES
d'vne si grande quantité qu'ilz ont attirée
tant deuant que depuis leur abolition de
l'an 1607, dont est parlé en ceste histoire ;
s'entend de simple, outre les condamnations
à cause des peines du double et quadruple.
Plusieurs autres personnages en fourniront
bien encor pour autant. Et par les jndu-

bitables aduis que je donneray , elle mettra en reserue tous les ans VN MILLION D'OR de son reuenu.

Quoy , comment sans coup ferir , dira-t-on , V. M. peut-elle gaigner douze millions de liures , et espargner tous les ans vn milion d'or ? Ouy , SIRE , il est très-aisé. Le Duché de Milan qui ne vaut pas la cinquiesme partie de cela a cousté la vie à deux cens mil hommes ; et si la jouissance en est en autre main que de la vostre , à qui de droict elle appartient. Pour conquérir à présent vne telle pièce , faudroit plus de cent mil hommes , et encor auroit-on bien de la peine à l'auoir ; et quant elle se pourroit obtenir , ce seroit vng milion d'or de reuenu acquis , qui outre l'effuzion de tant de sang , auroit cousté quarante ou cinquante milions d'or pour les fraiz de la guerre.

Hé , SIRE , vne vingtaine d'hommes , choisis en vos cours souueraines , à qui vostre Majesté commande d'examiner la vie des Financiers , (car autrement lesdicts Financiers n'ont point de Juges ; jl n'y a nulle jurisdiction en France où on puisse agir seurement contre eux , j'en ay faict l'espreu-

ue , estans ores trop puissans , trop allyez ,
leur brigûe trop forte ; et ayans la bourse
trop plaine , trop de monde à leur deuo-
tion , et trop de gens qui conniuent auec
eux.) ; vne vingtaine d'hommes , dis-je , et
huict ou dix mil escus au plus pour les fraiz
nécessaires , vous feront vne conqueste , non
de douze millions de liures de simple , seu-
lement , mais de plus de trente millions ,
pourueu que V. M. ne gratiffie personne
de leurs confiscations auant qu'elles soient
entrées en vos coffres : car les Juges pro-
céderont bien plus exactement allencontre
d'eux , quand ils verront qu'il y aura de
l'jntérest seul de V. M. et de là sourdra
vng mesnage annuel de six millions de liures , qui est la valleur d'vng nouueau Ro-
yaume.

Voilà le vray Perou , SIRE , plus abondant , de bien plus de rapport , et d'accez
trop plus aizé que celuy où l'on va à si
grand peine outre les mers. Voilà la vraye
pierre Philosophale où il faudroit trauail-
ler , non s'amuser , comme on a faict , à
la folie du Baron-de-la-Croix , souffleur
d'Alchimie , à qui (quelle vergongne !) on a
baillé dix mil escus pour la chercher ; et
on ne mé fourniroit pas vn solz (quelle

pitié !) pour ayder aux fraiz de la pour-suitte de ceste saincte affaire, à laquelle je trauaille depuis dix ans.

Jcy, SIRE, j'oy les adhérans et cabalistes des Financiers vous dire qu'il est vray qu'il se faict bien des larcins en vos finances, et que les Financiers commettent d'jnsignés faussetez, et de grandes malversations ; mais que la preuue en est très-difficille et la conuiction jmpossible, si habiles ilz sont en leur mestier, si bon ordre ilz ont donné à leur faict, et se sont ramparez de si fortes Cazemates, qu'ilz sont à couuert des mousquetades qu'on leur tire. Partant concluent leurs factieux, que telles recerches sont de peu de fruict, qu'elles troublent le repos des familles, et blessent l'honneur de personnes qui vous sont *fidelles offi-ciers.*

Mais, SIRE, toutes les loix Ciuilles et Canoniques tiennent qu'il ne faut point de preuue en chose visible et manifeste. Or, faudroit-il autre preuue pour les convaincre que leurs diuers estatz et offices? que la multitude de leurs possessions ? que les prodigieuses despenses de leurs filz ? que les dots royaux de leurs filles ? que l'aduenement de leurs commis aux charges ?

Euidens tesmoigna-ges des pilleries des larrons publicqz.

que la superbeté de leurs bastimens ? que
la sumptucsité de leurs meubles ? que les
bonnes tables qu'ilz tiennent ? que les jm-
menses sommes qu'ilz jouent ? que la vie
nompareille qu'ilz meinent ? que la quantité
de leur vaisselle d'argent ? que le nombre
de leurs prétieuses pierreries ? que les hau-
tes alliances qu'ilz prennent ? que les magnifiques atours de leurs femmes ? que les
grosses rentes qu'ilz constituent ? que le
grand attirail de leur train ? etc. Non , SIRE ,
si V. M. suit la forme que vos prédécesseurs ont tenue , et que plusieurs autres
Roys et Princes ont prescrite pour faire le
procès ausdictz Financiers , comme je mons-
treray en l'histoire généralle des Financiers
et des finances.

Mais encor , pour les presser dauantage ,
s'il plaisoit à Vostre Majesté , faire venir
deuant elle l'vng desdictz Financiers et luy
demander quel estoit son pere , quelle estoit
sa mere , et quelle vocation il a exercée
en sa premiere jeunesse ; et comment il se
peut faire que n'ayant eu qu'vng bien petit
héritage de sesdictz pere & mere qui estoient
très-pauures , ne tiré du premier office où
il est paruenu que telz et telz gaiges , il
soit toutesfois en si peu d'heure monté au

comble de richesses , quelle responce pourra
t-il faire ? De quel prétexte se couurira-t-il ?
Ou de quel art & jndustrie pourra-t-il se
préualoir pour empescher qu'on ne présume
que ceste sienne fortune est faicte de ma-
leficie & prouenue du larcin de vos deniers ?
Veu mesmement que par vos Edicts et Or-
donnances , tous jeux et toutes sortes de
négotiations et marchandises sont estroicte-
ment jnterdictes et bien exprès deffendues
à ceux de cet ordre.

    Et toutesfois on ne les veut pas prendre par
là. Je crie au loup contre eux plustost par
leurs faicts que par leur peau, et dis qu'à faute
de preuues plus particulieres de leurs pilleries,
et d'argumens plus démonstratifz de leurs
larcins, ilz doiuent estre tenus du qualibre
qu'ilz se qualifient, & moy traicté comme
calomniateur.

    SIRE , entre les vertus requises en vng
Roy , la plus nécessaire , c'est JVSTICE ; car
comme a escrit l'vn des Saincts Peres, *les
grands Royaumes sans Justice , sont de
grandz brigandages.* Auquel propos Agé-
silaus, Roy de Sparte , estant enquis quelle
vertu estoit la meilleure , ou Justice , ou
vaillance , respondit : *nous n'auons pas be-*
soin

Le Roy
est Juge, et
comme juge
il est tenu
d'exercer
justice.

soin de vaillance si nous sommes justes. Et
le mesme oyant parler du Roy de Perse,
qu'on appelloit le grand Roy, *En quoy,*
dit-il, *est-il plus grand que moy s'il n'est
plus juste?* Dont est fort cellebrée une bonne
femme, qui demandant Justice, à l'Empereur
Adrian, après plusieurs remises l'arresta
vng jour qu'il alloit à la chasse, et eut la
hardiesse de luy dire : *Rendez justice, ou
ne soyez plus Roy.* Ce qui faict que Cicé-
ron, l'éloquence duquel estoit plus fou-
droyante que les Cœzars, et l'esprit plus
grand que l'Empire de Rome, a proféré
cet excellent Apophtegme, *justice est la
Royne des vertus.* Aussy Sainct Louys, vostre premiere autheur, s'est monstré si juste,
mesme enuers les jnfidelles Sarrazins, que
leur ayant baillé le Sainct-Sacrement pour
asseurance de sa rançon ; comme son thré-
sorier en la payant les eust trompez de dix
mil francz, en estant aduerty, il voulut
qu'ilz leur feussent rendus jusques au dernier denier, et fit punir le Financier. Que
diray-je plus ? ce bon, ce droicturier Roy
ayant par jmportunité, accordé vne grace
qui n'estoit de justice, demeura quelque
temps en suspens, n'estimant pas qu'vn
Roy se peust desdire ; mais il changea subit
d'aduis, & reuoqua sa grace en lisant dans

B

ses heures, *facile justitiam in omni tempore.*

Or , SIRE , la France qui voit de quelle affection vous embrassez ce diuin surnom de LOVIS LE IVSTE. La France , s'entend vostre Noblesse qui est au bissac et vostre peuple réduict à la faim. La France , où rien ne croist que les Financiers , et où aucun ne paroist que ceux qui ont recueilly de leurs successions. La France , où nul n'abonde que ceux à qui ces ames noires donnent de leurs pistolles , et où nul ne gronde de ceste poursuite , que ceux qui plument l'oye auec eux. La France , dis-je , la France , ceste pauure femme , en la misére qui l'oppresse , s'escrie maintenant à vous , et veu le calme présent , vous demande JVSTICE de ces fidelles Officiers, qui par leur artificieux larcins luy ont barbarement succé le sang dont ilz regorgent de toutes parts. JVSTICE de ces fidelles Officiers , qui par leurs crimes exécrables luy ont cruellement deuoré les entrailles dont ilz repaissent leurs voluptez. JVSTICE de ces fidelles Officiers qui , par leurs pernitieuses jnuentions , jouissent de ses sueurs dont ilz entretiennent leurs délices. JVSTICE de ces fidelles Officiers , qui par jmpunité, ont accumulé montjoyes sur montjoyes d'or dont ores ilz despitent toute puissance. JVSTICE

de ces fidelles Officiers qui jectent aujour-
d'huy en de grandes alliances , pour espou-
uanter , voire pour faire assassigner quiconque proposera la recerche de leurs forfaicts.
Et Jvstice de ces fidelles Officiers qui,
s'estans ainsy soudain esleuez , se liguent
contre Voštre Majesté , lors qu'elle en veut
tirer la raison.

Jl y a si long-temps que l'on bruit de
leurs abus , si long-temps que l'on se plaint
de leurs peculatz , si long-temps que l'on
pleure de leurs déportemens , et que tout
le monde crie , recrie et requiert , qu'il
faut faire le procès à ces larrons , qu'il faut
faire rendre gorge à ces pillars , qu'il faut
mettre au pressoir de Justice ces esponges ;
tant attendre , c'est ce qu'ilz demandent ,
car le temps ruyne les preuues ; tant sus-
pendre , c'est leur donner cause gaignée ,
car leur caballe se va tousjours accroissant;
et tant consulter , ilz s'en gaussent , car ce-
pendant , ilz se desrobent tousjours tant et
plus.

Et par ceste jmpunité , ains , diray-ie ,
par ceste licence , ces pseu-d'officiers de-
uiennent si outrecuidez , si rogues et si fiers,
qu'ilz ne se cachent plus , ny en leurs me-
nées , monopoles et factions entre eux ,
leurs suppôsts supports & cabalistes , ne

pour commettre toutes sortes de retentions,
diuertissemens , suppositions , desguisemens,
et mille et mille autres scellerées malversations sur vos Finances , dignes de plus de
roües et de potences qu'il n'y a de bois
au monde.

Disoit nagueres N. Trésorier de l'espargne.
« On n'ozeroit nous faire recercher , nous
ne craignons pas cela. » N. partysan et
cabaliste , « Nous sommes appuyez de si
fortes estayes , qu'jmpossible est de nous
esbranler. » N. Trésorier de l'extraordinaire
des guerres. « Si on nous fasche , nous
ferons cognoistre combien il jmporte à l'Estat de nous auoir mescontentez. » N. commis d'vn Trésorier de l'espargne. « Nous
auons tellement malmené ces pauures hai-
res de dénontiateurs , qu'ilz ne peuuent plus
leuer le nez. » N. Trésorier de l'ordinaire
des guerres. « Les coquins ont tant faict
de vireuoustes pour estre ouys , estant tra-
cassés , et cela en procédures , qu'ilz n'ont pas
un soldz pour continuer leur poursuite. »
N. Trésorier de la maison du Roy. « Autant
y feront-ilz que le coq sur un-œuf. » N.
Trésorier de l'escurye. « La mesche est usée,
la poudre est finie à ces petitz argouletz. »
N. Trésorier de l'Artillerie. « Le bon est
que l'on faict la sourde oreille à tous leurs

crys et escritz. » N. partysan et fermier.
« Au pis aller ; si par l'jmportune poursuite de ces recercheurs de midy à qua-
torze lieures, ou vne violante nécessité du
Roy , on se resould de nous attaquer , nous
sçauons bien le moyen d'en sortir victo-
rieux , sans blessure. » N. Trésorier des
partyes casuelles. « L'escu a plus de force
que Hercule. » N. Trésorier de l'extraordinaire des guerres. « Nous en serons quittes
en rasclant le mynot. » Et en leur dernier
Ballet , ilz ont chanté :

Ballet des
cercheurs
de mid' a
14 heures.

> Aux nostres ample gibecière ,
> Nous jectons tous de la pourssiere ,
> Aux yeux moins sujects au venin.
>
> Du monde faisons vne buze ,
> Et surpassons par nostre ruze ,
> Maistre Jaque et Maistre Gonin.

etc. Quelles jnsolences !

— SIRE , il y eut jadis des Pirates en Cilicie
qui s'assemblerent en grand nombre , et
tirerent à leur alliance plusieurs personnes
de qualité , mesmes des villes et citez fa-
meuses , soubz l'azile et aux haures desquelz
ilz se mettoient à refuge en seureté reuenans
des courses ; et pour récompense leur bail-
loient proffict du recellement de leurs pilleries , comme si le mestier en feust deuenu
louable et honneste. Ilz viuoient aussi en

des dissolutions estranges ; et estoient très-
superbement accoustrez , comme prenans
plaisirs à faire monstre de leurs brigandages. Dont la République estant infinie-
ment endommagée , et encor plus desho-
norée à les souffrir ; elle enuoya contre eux
Pompée le Grand et le Consul Métellus,
lesquelz en nettoyèrent le pays en moins
de trois moys , puis apporterent leurs richesses au Thrésor public , et à l'instant le
peuple fut comblé de toutes sortes de biens.

Ainsy , SIRE , decerniez vne simple com-
mission à quelques preudhommes , il n'y a
pas grand'affaire à cela , pour jnformer
exactement contre les gros larrons François
et leurs complices , pires et jncomparable-
ment plus pernitieux que les Pirates et re-
celleurs Ciliciens. Vueillez que Justice soit
seuerement faicte de leurs faussetez , sans
nul excepter. Commandez que exacte per-
quisition se fasse de leurs péculatz , sáns
nul espargner ; et vous serez en brief vn
riche Roy. Plus de vuyde en vos coffres.
Plus de confusion en vos affaires. Et plus
de disette parmy vos subjets. Car est-il pas
plus raisonnable de recercher les crimes
de ces Cacus jusques dans leurs cauernes,
affin d'en tirer vne grande somme pour
employer en vos vrgens affaires , que de les

requérir de prests vsuraires , créer tousjours
des offices. Fouler le peuple de subcides,
et l'accabler d'jmpostz pour y subuenir ?

On blasmeroit , voire on riroit bien de
celuy lequel ayant esté vollé , & négligeant
les aduis qui luy seroient donnez où seroit
le vol , yroit prier les volleurs de l'assister
en sa misére , ou mendier la bourse de ses
amys pour se garentir de la nécessité. C'est
comme vous faites , SIRE , quand on vous
met si à l'estroit , que l'on vous contrainct
de tendre la main aux Financiers (riches
de vos moyens) et vous obliger à eux pour
en auoir quelque maigre assistance ; & que
l'on vous conseille d'vser de vostre authorité sur vos sujets (pauures par leurs larcins)
pour en receuoir du secours.

SIRE , vostre peuple se mettroit volontiers
sur l'enclume , pour , à coups de marteaux
et de tenailles arracher l'argent de ses
mouelles quand il recognoist qu'il passe
par des mains nettes ; mais voyant que
les Finances publiques , qui prouiennent du
plus pur de sa substance sont consommées
en folles despenses. Voyant que les deniers
sacrez qui yssent de la triste sueur de son
corps , sont employez a bastir des Palais ;
voyant que l'on eslue des maisons masso-
nées de ses os , et que l'on establit des

fortunes cimentées de son sang ; il frémit, il s'esmeut, et s'esclatte en murmures.

SIRE, j'ay mémoire que V. M. estant Daulphin, se promenant dans les jardins de St.-Germain, s'arresta pour voir vng ver qui sortoit de terre ; et comme ses gardes le voulurent escraser, elle s'escria par pitié, laissez, laissez-le, ne lui faicte point de mal. Dont ceux qui estoient à vostre suite furent très-joyeux, remarquans en vous par cet acte vng naturel enclin à commisération. Et depuis que V. M. porte la Couronne, elle faict, dit-on, de secrettes aumosnes à des pauures que les courtisans appellent les pensionnaires du Roy.

Hélas, SIRE, orès que vous estes Roy, aurez-vous moings de pitié et de commisération qu'estant Daulphin ? Ains, la pitié et la commisération seront-elles pas accreues en vous comme la puissance ? Tant de mi-lions de vos subjects plus chétifs que les vers de terre, plus misérables que les Ca-yemans ; subjects que les Aydes, que les Gabelles ont faicts si pauures, qu'ilz ne sçauent plus que c'est que de pain ; subjects que les Imposts, que les Tailles ont si at-terrez qu'ilz brouttent l'herbe, et subjects que la cruauté des exacteurs a rendus plus de nuez qu'aucune guerre, peste et famine,

nesmouuront

n'esmouuront-ilz point vostre ame ? Ne vous perceront-ilz point le cœur ? Les plaintes que les Estats Généraux en ont faictes l'an 1614. Les remontrances que vostre Parlement en à présentées l'an 1615, et les soupirs que tant de particuliers ont exhalez, tout cela n'est-il point paruenu à vos oreilles ?

Si est, SIRE, car V. M. estant vn jour esleuée en son Throsne, entouré des Princes de son sang, des Officiers de la Couronne, des Ducz, Pairs et Seignenrs de vostre Conseil, prononça de sa bouche deuant lesdicts Estats, pour ce mandez, et deuant toute sa Cour, ces parolles :

IE VEVX ET COMMANDE QVE LA CHAMBRE DE IVSTICE SOIT ESTABLIE POVR FAIRE LA RECERCHE DES FINANCIERS.

O parolles, non point parolles, mais oracles célestes suggerez par l'Eternel qui tient le cœur du Roy en sa main ! Et toutesfois rien n'en a esté faict. Les Financiers ont la force d'y resister, leurs suppost ont le pouuoir d'en empescher l'effect ; leurs supports ont l'jndustrie d'en destourner l'exécution. Quel mespris de vos volontez ? Quelle désobéissance à vos commandemens ? Quelle préuarication en vos affaires ? Quelle trahyson à vostre seruice ?

Or, SIRE, à présent que vous estes si

court de Finances , vos coffres espuisez , vostre Thrésor changé de main , vostre peuple si durement oppressé , vostre Domaine vendu si hault prix , Vostre Majesté despouillée de ses propres moyens , & néantmoings obligée à tant et tant de diuerses despenses pour remettre sus son Estat si désolé , n'est-il pas juste de faucher ce pré qui est si fertil ? de moissonner ce champ si plantureux ? et pescher dans ce lac si abondant ? Mais n'est-il pas plus juste , (affin que je m'explique) , que de deux ou trois cens Financiers , et fauteurs de Financiers , choisis de ces escadres que l'on voit brauer , morguer , piafer , et qui sont si plains d'or qu'ils en creuent , vous tiriez des vngs cinquante mil escus , des autres cent mil , et des autres cent cinquante mil , sans retour , pour vne si extrême nécessité ?

Ouy , SIRE , plutost que d'oster le miel , tondre la layne , et arracher les lasnieres au pauure peuple qui n'en peut plus , qui est accrauanté soubs le faix de tant de charges , et si souffreteux , que la seulle jnspection de sa calamité pourroit bien faire fendre les pierres et esmouuoir à compassion les barbares. Car quel monde renuersé est cecy , que ceux qui portent toutes les charges n'ayent rien ; & que ceux ne payent rien ,

qui ont tout , prennent tout et mangent
tout ? O Dieu , jusques à quand durera ce
désordre ? O Roy, quand cessera ceste iniquité?

Mais au fort , que sera-ce à ces bons
Officiers ? (Officiers , non , je faux , ains
furies jnfernalles venues pour flageller la
France ,) leur marmite n'en sera pas ren-
uersée , moings leurs bons morceaux retran-
chez ; cela est presques comme rien au prix
de ce qu'ilz thésorisent, Et puis , si on con-
sidére les beaux et grands reuenus qu'ilz
ont acquis , les belles et amples Seigneuries
qnilz possédent, les magnifiques logis où ilz ha-
bitent , les superbes Palais qu'ilz édifient ,
les gaiges et taxations qu'ilz prennent , les
grands larcins qu'ilz commettent , et les
grosses griuelces qu'ilz pratiquent , on trou-
uera que leur joye n'en sera pas moindre ,
ne leur bourse gueres désenflée. Voire dea ,
ilz en donnent bien autant en mariage à
vne seulle de leurs filles. Jlz en fournissent
bien plus en l'achapt d'vng office ; jlz en
mettent bien plus à constitution de rente ; jlz
en jouent bien dauantage aux dez et à la prime,
mesmes ilz en despensent et gourmandent bien
autant en balz , balletz , habits , bastimens ,
emmeublemens et autres incroyables excez.

A vous donc, SIRE , estoit reseruée la

palme de ceste victoire. Pour vous estoit
destinée ceste belle fleur, et de vous on
languit en attente après ce joyeux jour,
jour auquel Vostre Majesté ayant desployé
son estendart de Justice pour aller à la
chasse de ces larrons et les débeller, verra
jnfinis fidelles seruiteurs qui auec de beaux
memoires en main, accourront pour la ser-
uir en vne occasion si jmportante. Et comme
le Roy Henry le Grand a jmité le preux
Empereur Vespazian à espreindre et presser
souuent ces sacrileges esponges, aussi, si
Vostre Majesté paracheue l'œuure qu'il auoit
commencé, (ne reste plus que ce seul acte
pour couronner les merueilles de vostre rè-
gne) elle sera à meilleur tiltre que Titus
filz dudict Empereur, nommée *l'Amour et
les delices du genre humain*, et aura me-
rité ce tres-glorieux, ce triomphant, et tres-
Auguste nom de

LOVIS LE IVSTE.

D. V. M.

Le tres-humble, tres-
obeïssant, et tres-
fidel subject et ser-
uiteur.

J. BOVRGOIN.